별 볼 일 없는 데만 가게 된다

별 볼 일 없는 데만 가게 된다

창비시선 536

별 볼 일 없는 데만 가게 된다

초판 1쇄 발행 / 2026년 4월 22일

지은이 / 유승도
펴낸이 / 염종선
책임편집 / 박지호 박문수
조판 / 황숙화
펴낸곳 / (주)창비
등록 / 1986년 8월 5일 제85호
주소 / 10881 경기도 파주시 회동길 184
전화 / 031-955-3333
팩시밀리 / 영업 031-955-3399 편집 031-955-3400
홈페이지 / www.changbi.com
전자우편 / lit@changbi.com

별 볼 일 없는 데만
가게 된다

창비

차
례

제1부

010 유서

011 산그늘이 다가온다

012 자연의 손바닥

013 햇살이 뿌려지는 한낮

014 평평하다

015 변신술

016 가만히 바라보고 있으니

017 연록의 시절

018 별 볼 일 없는 데만 가게 된다

019 비린내

020 나는 자신을 꽁꽁 감싸고 있는 당신이 답답하다

021 장수풍뎅이는 나를 닮았다

022 해변에 낚싯대를 걸고

023 무거운 옷을 입고 산다

024 가끔은 나도 정신을 어딘가에 놓아둔 채 살고 싶다

025 나의 돌

026 이가 없는 사람

제2부

028   꽃향기 날리는 밤에

029   이름

030   비웃음을 사다

031   할 일 많은 사람들

032   독사가 팔짝 뛰었다

033   봄은 백 미터 달리기 출발선에 있다

034   가벼운 고독

035   어둠의 새와 놀다

036   늦봄

037   나의 집

038   아내의 큰일

039   파도는 바위를 치며 묻는다

040   그날의 학교

041   평화의 얼굴

042   통학 버스는 오후 4시에 학교에서 출발한다

제3부

044   창밖이 멀다

045   7월

046   여행 좀 다녀오라고?

047   옥수수가 익어가는 여름

048   솜사탕

049   좋은 일

050   새끼를 물리치다

051   조용히 살다 조용히 갔다

052   꼽등이를 먹었으면 꼽등이가 됐을까?

053   꼭 의미가 있어야만 사는가

054   내 집 앞 도랑물은 졸졸졸졸 흐른다

055   은은한 달빛을 받으며 서 있었다

056   뒷다리가 하나 없던 어린 고양이가 어미를 따라 형제들과 함께 세상으로 나갔다가 홀로 돌아와 죽었다

057   봄비 소리

058   내가 바라보며 사는 소백산맥의 북면은 겨울 내내 하얀 얼굴이다

059   햇빛은 아무 데나 비춘다

제4부

062   2023, 맑은 봄날이었다

063   눈물

064   암병동 가는 길

065   죽음을 기다리다

066   하늘도 단풍으로 물드는가

067   단풍잎이 바람에 떨어져 산등성이 너머로
       날아간다

068   땅

069   뽕나무 아래를 지날 때

070   굴국은 공평하게 먹어야

071   나는 누워 있는데

072   갓난아기 손만 한 함박눈이 내리는 모습을
       바라본다

073   오랜만에

074   어이하랴

075   얼굴

076   울음소리

077   발문 | 고형렬

092   시인의 말

제 1 부

유서

아들 현준에게

시를 쓴다며 가까운 이들에게 폐만 끼치다 간다 남의 몸
을 먹으며 살았으니 육체나마 숲의 동물들에게 돌려줘야겠
다 찾지 말아라 내 뜻과 달리 사체가 발견된다면 사람들에
게 알리지 말고, 평소에 걸치던 옷으로 감싸 밭 가장자리에
묻어다오 봉분은 만들지 말아다오
　훗날 생각이 나면, 묻은 곳에 네가 좋아하는 과일나무를
심어다오

산그늘이 다가온다

생활에 도움이 될까 싶어 개를 키운 적이 있다 나만 보면 웃으며 꼬리를 흔들던 눈이 커다란 순둥이 똥개였다

개고기를 찾는 사람이 있어 녀석을 잡았다

사람의 배로 들어가 사람이 된 개가 산마을을 덮으며 다가온다

자연의 손바닥

손오공이 날아봤자
부처님 손바닥 안이라고 했나?

부처는 날아봤자
자연의 손바닥 안이다

너도 나도
자연이란 몸의 세포 하나하나이니

벗어나려 하지 않으며 산다

햇살이 뿌려지는 한낮

포도나무에 덮은 그물을 뚫고 들어간 물까치가 보였다
막대기를 들고 들어가 휘두르니 나가려고 허둥대다 기어
이 그물에 걸렸다 때려 죽여 다리를 잡아당기니 그물에 감
겼던 목이 뚝 끊기며 머리가 없는 몸이 내 손에서 달랑거린
다 서둘러 포도나무 아래에 묻고 그물 밖으로 나와 하늘을
본다
짝짝, 재밌네요
환한 박수 소리가 하늘에서 쏟아진다

평평하다

　반반한 바위에 앉아 바다를 본다 툭 솟아오른 섬도 잠든
수면에 깃든 모습으로 다가오니 해안의 굴곡과 높고 낮음도
바다와 함께 평평하다
　누워서 바라보니 낮달이 박힌 하늘도 그렇다

　수평으로 날아가는 갈매기야
　솟구치기도 하고 내리꽂기도 하면서, 수평을 찾아 나는
새야

변신술

태양광 발전소가 들어오면 안 된다던 사람들이 이장과 사업 관계자들이 찾아다니는 날이 이어지자 찬성으로 돌아섰다 얼굴을 붉히며 소리소리 지르던 호랑이들이 이웃집 반려견이 되었다

흑염소를 잡아 내장과 비계를 떼어내 놔두었더니 까마귀들이 말끔히 먹고 날아오른다 까마귀가 된 흑염소가 하늘 높이 날아간다

가만히 바라보고 있으니

송충이인 줄 알았던 매미나방 애벌레도 어여쁜 데가 있다
기다랗게 자라난 털과 기하학적 무늬에 멋들어진 색을 입힌 옷을 입었다
흉측하게만 보이던 모습도 살아남기 위한 몸부림이라고 생각하니 지난날의 내 얼굴이다
많다는 이유만으로 죽이고 또 죽인 벌레건만 신발을 타고 오르는데도 그러고 싶지 않다

연록의 시절

아기 잎들이 주위를 가득 채우면 나도 연록으로 물들어,
살랑이는 바람에 흔들리고 싶다
건네주는 시집 한권 들고 기차를 타고 간 친구를 따라갈
마음도, 산 너머로 날아가는 새를 쫓아갈 생각도 일지 않는
다 그만 툭 사라져도 될 것 같은 봄날, 날 부르는 이 없어도
허전한 마음이 땅에 깔리지 않는다

별 볼 일 없는 데만 가게 된다

여름휴가를 맞아 가족여행을 온 형님이 근처 어디 좋은 곳으로 가자는 것을, 바라보는 맛도 나지 않는 그저 그런 물가로 데려갔다

좋은 곳은 어딜 가나 사람들로 북적이니 그들과 부딪칠 마음이 없는 내가 형님을 모시고 갈 곳이 남아 있지 않은 까닭이다

내 삶이란 게 늘 이런 식이다 이것도 병이려니 생각하면서도 고치려 하지 않으며 산다

비린내

비가 흩뿌리는 오후, 산길을 걷자니 비릿한 냄새가 몸을
덮친다

개구리 지렁이 뱀 토끼 너구리 고라니 멧돼지가 차에 치
이고 깔려 죽으며 남긴 피와 살의 냄새다 아스팔트 길에 어
린 죽음의 모습이 잡힌다

걸쭉한 육즙이 되어 흐르는 빗물을 밟으며 걷는다 길모퉁
이에서 썩어가던 하얀 고양이도 비에 젖으며 살이 풀어지고
있다 비가 몇번 더 오면 저놈도 산산이 흩어질 거다 검은 정
장을 입은 말쑥한 모습의 포장도로만 보일 거다

나는 자신을 꽁꽁 감싸고 있는 당신이 답답하다

당신은 내 시를 보고 벌거벗은 꼴을 부끄러운 줄도 모르고 보여준다 하지만, 나와 나 아닌 것의 경계가 있는가? 나는 이 물음에 대해 답을 얻지 못했다

저 하늘과 구름, 산과 나무와 바위와 물줄기, 비와 바람 그리고 새와 송충이와 지렁이와 흙, 얼마 전에 죽은 개와 가족과 이웃, 나를 둘러싼 모든 것들이 나와 분리되어 있다는 생각을 하지 못한다 내 마음조차 나만의 것이란 생각이 들지 않는다

그러니 그대여, 당신도 알몸을 내보일 수는 없는가

장수풍뎅이는 나를 닮았다

엊그제도 그러더니 오늘도 길가에서 슬금슬금 걸어 나온다

너 자동차가 어떤 건지 모르지? 휙, 지나가면 억, 할 사이
도 없이 죽는 거야 어이하여 사람이 다니는 길에서 어정대
는지 모르겠다만 얼른 풀숲으로 가봐라 왜 말이 없어!

손가락으로 툭 뿔을 치니 쓰윽 몸을 일으키며 공격 자세
를 취한다

차에게도 그렇게 대들 심산이냐? 하긴 태어난 대로 살아
야지 어쩌겠나

환갑이 넘도록 뭘 그리 대들면서 살아왔는지 나는 내가
우습다

해변에 낚싯대를 걸고

술만 마시면 전화를 걸어 온다

해변에 낚싯대를 걸어놓고 술이나 마시자 한다 고기가 걸
리면 방울이 딸랑딸랑 알려주니 다 내려놓고 마시자 한다
텐트도 쳐놓고 밤새워 마시자 한다

그런 일은 일어나지 않을 것임을 뻔히 알면서도 나는 그
러자며 승낙한다

그는 낚싯대도 두개 사고 텐트도 4인용을 구해놓았단다
해변에 낚싯대를 걸고 술 마시는 일밖에는 남지 않았다

전화를 받으며 젊은 시절 꾸던 꿈을 바라본다 지금까지
꿈으로만 남아 있는 꿈, 그의 말에 내가 '그러자'고 하는 이
유다

무거운 옷을 입고 산다

어쩌다 한번씩 찾아오는 스님은 승복과 부처님 말씀으로 몸을 감쌌다 나를 교화하겠다며 찾아오는 전도사는 예수님과 성경으로 무장한 채 신의 말씀을 믿으라 한다 벤츠 자동차를 몰고 온 사장님은 돈으로 휘감은 몸이 혹여 홀쭉해질까 두려운지 내 오두막엔 들어서지도 않고 가버렸다

대통령은 국가권력의 인자함으로 얼굴을 치장하고 군수나 국회의원은 지역 주민이 건네준 힘을 어깨에 걸친 채 살고 검사 판사는 법의 칼을 휘두르며 산다

나는 시라는 겉옷을 입고 살아간다 오늘 만난 교수여, 네가 입은 지식이란 옷의 무게는 몇근이나 될 것인가?

가끔은 나도 정신을 어딘가에 놓아둔 채 살고 싶다

추석 때 먹을 거라도 꺾을 수 있으려나

고사리를 찾아 숲길을 타는데 참나무 그루터기가 무리를 이룬 곳이 나왔다 조씨가 나무를 벤 흔적이다 숲이 우물처럼 뻥 뚫려 하늘이 내려앉은 곳에 조씨의 정신이 담겼다

말도 없이 숲을 무너뜨리고 차도까지 닦아 나무를 내갔는데 산주도 국가도 뭐라 하지 않았다 내가 그랬다면 마을에서 살기가 어려웠을 거다

가끔은 나도 조씨처럼 정신을 어딘가에 놓아둔 채 다니고 싶다

나의 돌

손안에 들어오는 돌멩이를 방에 옮겨두고 만져본다
돌은 단단하다 움직이지 않는다
손바닥의 체온을 전하려는 마음은 없다 실핏줄 같은 허연
금을 따라 빙빙 돌려본다 온몸에 생긴 생채기들을 손가락으
로 더듬어본다
돌은 표정이 없다 말도 없다
손안에서 이리저리 굴려도 녀석은 싫은 내색조차 없다
돌은 아름답지도 추하지도 않다
돌은 깨어날 수 없는 잠에 든 나다

이가 없는 사람

이가 없다고 했다 살짝 벌린 입안을 보니 어둠 속에서 반
짝이는 게 없다 붉은 기가 살짝 도는 잇몸이 어슴푸레 드러
나 있었으나 그것도 어둠과 다를 바 없었다

음식도 입속으로 들어가면 어둠이다 잘게 씹어도 어둠이
되지 않는 게 아니니 이가 없으면 없는 대로 사는 것도 좋은
일이다

슬쩍슬쩍 웃을 때마다 입속 어둠이 입 밖의 세상을 살핀
다 여차하면 나까지 먹을 자세다

삶이 저런 거라면, 무엇이라도 받아들일 저 어둠이라면

이가 할 일을 맡겨도 되겠다

제 2 부

꽃향기 날리는 밤에

차갑게 다가오는 어둠을 울리며 새가 운다
죽은 사람이 부는 휘파람 소리다 호랑지빠귀라고 했던가

낮에는 코를 잡아끄는 향기를 따라가 꽃을 보았다 회양목
의 꽃송이들은 향기를 맡고 살펴보기 전에는 눈에 들어오질
않는다
나이가 들어갈수록 드러나지 않게 피어나는 꽃에 시선이
머물곤 한다 볼수록 죽은 사람들의 얼굴 같아서

이름

'아침에 빛나는 햇살'
남아메리카 한 종족의 아이가 주술사에게 받은 이름이다
소수만 살아남아 천대받는 처지가 되었으나 남미대륙의
전반을 차지하고 번성했다는 과라니족의 후예

네가 가는 곳 어디라도 빛나는 아침이겠다

비웃음을 사다

이 수선화는 다치지 않게 해주세요

픽 —

작업자의 잇새로 빠져나오는 바람 소리가 들렸다

공사를 하다보면 그런 거야 묻히기도 하고 다치기도 하는
거 아닙니까 정 그렇다면 지금 옮겨 심으시죠

면사무소에서 길 포장 작업을 따내어 공사를 하는 남자의
말을 들으니 꽃에게 미안하다 길가에서 이른 봄마다 내 마
음을 노랗게 물들여주었는데, 조금 편하자고 집 앞을 콘크
리트로 포장하면서 우스운 존재로 만들었으니

할 일 많은 사람들

망경사 대웅전 앞마당의 잔디가 빡빡 깎였다 뒤로 돌아가
꽃밭과 정원수와 나물밭 사이로 난 길을 걷는다 손길이 오
간 흔적이 환하다
스님들은 경내와 주변을 잠시도 가만히 놔두지 않는다 부
지런히 움직이는 무서운 손을 내보인다

피고 지는 대로 놔두면 안 되나
그저 바라보면서 살아가면 안 되나

독사가 팔짝 뛰었다

산밤을 주우려 손을 뻗치는데
싸한 느낌이 들어 손을 멈추고 바라보니
동그랗게 몸을 만 칠점사가 혀를 날름거린다
아이구야, 몸을 일으키며 뒤로 두어 발 물러났다
한뼘만 더 손을 내밀었다면 죽을 수도 있었다

너 밤송이 맛 봤어? 못 봤지?
밤송이를 던졌다
하나
파닥
둘
팔짝
셋
펄떡

봄은 백 미터 달리기 출발선에 있다

겨울로 들어설 때부터 준비는 끝났다

신호가 울리면 촤아아아아 해를 향해 일어설 풀들이 땅에
납작 붙은 채 움직임이 없다 꽃눈도 잎눈도 눈 뜰 때만을 기
다리며 귀를 기울인 지 오래다

미세한 울림에도 다투어 튀어 나갈, 출발선에 선 선수들

쩍, 동천의 얼음이 갈라지는 소리가 들리는가?

가벼운 고독

아내가 집을 비운 날
나뭇가지에서 나뭇잎이 떨어진다
투툭, 풀잎을 치고는 땅에 떨어지는 소리가 들린다
세상이 왜 이리 고요한가
멀리서 닭 우는 소리가 산과 산 사이를 울린다

가만히 가만히 살자

어둠의 새와 놀다

어둠이 내리는 숲길을 걸어가는데
우훠엉 우훠엉
부엉이인지 올빼미인지가 운다
우후엉 우후엉
나도 따라 운다

우훠엉 우후후후워워엉
좀 사귀어보자고?
나는 그런 맘 없다
우후엉 우후후후어어엉

늦봄

바람에 날리는 낙화가 집을 나서게 했다

면소재지 가게에 들러 막걸리 두 병을 사서 자전거 운전대에 달아매고 달린다

얼굴 본 지도 일년이 지났다 친구와 술잔을 기울이며, 가는 봄의 뒷모습에 인사라도 해야겠다

제법 소년티를 드러낸 연록의 잎들이 웃는다 헤헤헤헤헤, 길가에 늘어선 나무들의 뜬금없는 축하 인사를 받으며 골짜기 마을로 들어선다 잘 있었냐는 말 대신 묵묵히 술병을 건네받을 사람의 집이 보인다

이야차, 다리에 힘을 주어 페달을 굴린다

어허어, 봄은 지나가도 좋겠다

나의 집

앞산 등성이에 올라 마을을 본다 산의 가슴에 안긴 마을과 그 귀퉁이를 차지한 내 집은 볼수록 마음 깊은 곳으로 들어와 자리를 잡는다 알을 품고 있는 새의 마음이 이럴까

나보다 중요하거나 멋진 사람도 있을 수 있지만 내가 사는 오두막보다 따스한 집을 나는 알지 못한다 암을 일으킨다는 슬레이트가 얹힌 낡은 거처여서 어서 헐고 새로 지으라고 말하는 사람도 있지만 나는 아들이 자라 어른이 되고 아내와 내가 웃고 울고 다투며 지내온 저 집이 좋다

나의 집을 품고 있으니 마을도 나의 집이 아니라고 생각되지 않는다 마을을 안고 있으니 산도 그렇다

아내의 큰일

아유, 우리 토깽이들
잘 잤어?
홍당무 줄까?
어제 준 칡잎이 남았네
어디 아픈 데 없어?
잡아먹으려고 키우는 건데, 아무래도 큰일이네
아유 아유, 이쁜 놈들

파도는 바위를 치며 묻는다

피와 비명이 섞인 물소리를 들어보았니?
심해에 가라앉은 울음소리를 들어보았니?
물고기를 잡아먹은 물고기의 웃음소리를 들어보았니?
자신이 산산이 깨어지는 소리를 들어보았니?

그날의 학교

아들의 초등학교 운동회 날, 부모님 손잡고 뛰기가 있었
다 선생님이 한 아이의 손을 대신 잡고 뛸 것을 내게 부탁했
다 함께 산다던 할머니도 할아버지도 오지 않은 아이였다

손을 잡자 아이는 주저앉아 울었다 나는 아이를 바라만
보았다 어린 시절 어머니날, 선생님의 눈치를 보면서 「어머
님 은혜」 노래에 맞춰 입만 벙긋거리던 내 모습이 떠올랐다

그 아이도 아버지가 됐을까?

평화의 얼굴

어린 시절엔 무슨 무슨 대회가 많이도 열렸다
그때마다 하늘에 비둘기떼를 날렸다
그 비둘기들의 후손일 테지?
청량리역 광장에서 뭐 먹을 게 없나, 살피며 돌아다니는
새들
역사 외벽의 철 구조물 위에 멍청히 앉아 있다가 다시 광
장의 사람들 사이로 내려와 목을 뺐다 거두길 반복하며 걷
는다
하늘로 올라가는 역사 옆 빌딩 공사의 소음 정도는 몸에
밴 걸음걸이다

통학 버스는 오후 4시에 학교에서 출발한다

오후 4시 15분, 수업을 마친 아이들을 태운 초등학교 통학 버스가 마을로 들어온다

등성이 너머에 사는 미희를 내려놓고 나가는 버스를 보니 '강원에듀버스'라고 전면에 쓰여 있다 '강원'과 '버스'는 낯익은데 '에듀'는 낯설다 요즘은 책을 읽다가도 영어를 한글로 적은 단어를 많이 만난다

토속어가 한자로 바뀐 상황이 이해가 된다 한글을 쓰고 있는데도 이러니 없을 땐 오죽했겠나 옆에 강한 놈이 있으면 그의 말을 흉내 내는 사람들이 많다 머리가 좋다는 아이일수록 더하다

결국 江原과 Bus 사이 '에듀'의 모습이 한국어일 거다

제 3 부

창밖이 멀다

멀리 앞산을 바라보고 있는데 휘익 휙
처마 밑으로 참새가 부지런히 날아오고 날아간다
들릴 듯 말 듯 새끼들의 울음소리가 들려온다

나도 아기였을 때가 있었겠지

알지 못하는 옛날이야기인 듯
새끼들의 소리는 아련하다

7월

들깨 모종을 심고 있는데 고라니 두마리가 와다닥 수풀에서 튀어나와 달려오다 나와 마주쳤다 이삼 미터 앞에서 급히 서는가 싶더니 한마리는 왼쪽으로 다른 한마리는 오른쪽으로 방향을 틀어 수풀 속으로 내달렸다

어린아이 티는 벗었으니 중학생 정도나 됐을까 고놈들, 달아나려면 함께 가야지 어쩌려고 갈라지냐

못 만날 일이야 없겠지만 그래도 모를 일이 아닌가?

그나저나 수풀이 언제 이렇게 우거졌나?

방금 고라니가 나타났었나?

여행 좀 다녀오라고?

여행을 하는 것도 경쟁이다

다녀오고 싶으면 다녀오고 그렇지 않은 사람은 어제가 오늘인 듯 살면 되는데

아랫집 윗집 사람, 동남아를 거쳐 유럽까지 다녀오더니 목에 힘이 들어갔다

송이네가 러시아에 간다니까 함께 다녀와

가까이 사는 친구가 옆구리를 긁어도 가렵지 않다

마음이 있고 돈도 있으면 가는 거고 아니면 마는 거지 어딘가를 꼭 가야만 하나?

어제인 듯 이어지는 오늘의 평화가 나는 싫지 않다

옥수수가 익어가는 여름

방학을 맞아 서울서 내려온 아들과 함께 읍내에 간다

도로변의 밭에선 옥수수가 한창 익어간다 도시인의 휴가철에 맞춰 딸 수 있게 비닐하우스에서 일찍 모종을 길러 심은 녀석들이다

달콤한 과자와 빵이 넘쳐나는데도 사람들은 옥수수를 좋아한다 어떤 이는 옥수수에서 사람의 이나 하모니카를 보기도 하지만 나는 어린 시절이 떠오른다

읍내로 들어서니 옥수수를 삶아 파는 가게가 판을 벌였다 가게 앞에 내놓은 솥에서 달큼한 냄새가 풍겨 온다

어린 시절 텃밭에 가득했던 그 옥수수다 흐름 속에도 흐르지 않는 것이 있음을 본다

솜사탕

강변도로를 달리는 차 안에서, 강이 물안개가 되어 일어
서는 모습을 보았다

솜사탕 기계에서 스멀스멀 일어나던 솜 물결이 떠올랐다

나무 막대기에 둥글게 둥글게 말아서 보름달을 만들어 건
네주던 솜사탕 장수의 얼굴이 보였다

아내도 어린 시절 이야기를 풀어냈다

지나간 일들은 돌아오지도 다시 일어나지도 않는다

그래서 달콤한가?

좋은 일

앞산이 머리와 가슴팍에 구름을 두르고 섰다

매일매일 희한한 세상을 마주하게 되니 산다는 게 좋은 일 아닌가 하는 생각이 든다

독사 새끼 한마리를 지겟작대기로 두들겨 수풀에 던진 뒤였다 이제 세상맛을 좀 보려는 뱀을 죽이면서 우리 가족이 살기 위해선 어쩔 수 없다고 할 만큼 나는 억척을 떨며 산다

그래도 나쁘진 않다 다시는 볼 수 없는 세상을 오늘도 바라본다

새끼를 물리치다

다라이에 콩깍지를 담아주니 늙은 티가 나는 흑염소가 독차지하고 먹는다 엊그제까진 자기 새끼하고 함께 먹더니 오늘은 구별 없이 물리친다 새끼는 십개월 정도 되었다 새끼를 밸 만큼 컸다 수컷이었다면 암컷에게 달려들 때다

흑염소는 한번 물리친 뒤로는 새끼를 새끼로 보지 않는다 산등성이를 할퀴며 지나가는 겨울바람의 얼굴이다

스승으로 모실 일이다

조용히 살다 조용히 갔다

부화기에서 태어나 스스로 먹이를 찾아 먹으며 자랐다 어
미가 곁에 없어도 울부짖거나 찾지 않았다 슬슬 운동장 안
을 거닐었다 급히 뛰거나 날려 하지도 않았다

함께 생활하는 닭들과 철망 구멍을 넘나드는 참새와도 모
이를 다투지 않았다 수컷이 등을 타고 올라도 몸을 낮추었
을 뿐 허덕거리지도 않았다 돌개바람이 불어도 낙엽이 져도
눈이 내려도 새싹이 돋아도, 가볍지도 무겁지도 않은 발걸
음으로 축사 안을 돌아다니다 외마디 울음소리도 없이 갔다

꼽등이를 먹었으면 꼽등이가 됐을까?

식당에서 어탕을 먹다가 가재인 듯도 하고 새우 같기도
한 것을 보았다
숟가락으로 건더기를 헤치며 살피니 꼽등이다
불그스름하게 익은 등을 보면서 사장을 불렀다
"여기선 어탕에 꼽등이도 넣나요?"
이 집만의 맛을 위해 넣을 수도 있을 거라 생각했다
사장은 말이 없었다 꼽등이는 통통하게 살이 쪘다 먹음직
스럽다
그릇을 들고 주방으로 들어갔던 사장이 다시 오더니
"결제된 돈은 돌려드리겠습니다 다른 음식을 드릴까요?
미안해서"
식당을 나서서 사장이 건네준 냉커피를 한모금 넘기는데
아하, 뱃속에서 꼽등이가 툭툭 튀며 말을 건넨다
어째 좀 먹어보지 그랬어? 나도 네 몸이 되었으면 좋았을
텐데
나도 아쉽다 공중으로 튀어 오르는 네 재주를 갖고 싶었
는데

꼭 의미가 있어야만 사는가

특히 뭔가를 가졌음직한 사람들 입에서

의미 없는 삶은 없다는 말을 듣곤 하지만

요즈음 내겐 의미 없는 삶도 있을 수 있다는 생각이 뾰족 뾰족 싹튼다

인생은 그저 흐름일 뿐이다

꼭 의미를 찾아야 한다면 못 찾을 일도 아니겠지만 뭘 그리 머리를 굴려 찾아야 한단 말인가

의미 없이 흘러가는 삶이 가끔은 재밌기도 하여 못 살 이유를 찾기도 힘든 날들이다

내 집 앞 도랑물은 졸졸졸졸 흐른다

부처님 오신 날을 맞아 설악산에 있는 절에 갔더니 거기
에도 내 집 앞 도랑물이 흐르고 있었다
졸졸졸졸, 설악산에서는 대통령보다 힘이 세다는 주지 스
님의 뒤를 한국에서 내로라하는 시인들이 따라가고 있었다

은은한 달빛을 받으며 서 있었다

어둠 속엔 피와 날카로운 이빨과 발톱만 있다고 생각하지
는 마
너도 어둠이잖아?

뒷다리가 하나 없던 어린 고양이가 어미
를 따라 형제들과 함께 세상으로 나갔다가
홀로 돌아와 죽었다

그때는 내 곁에 있었지요 엄마도 형제도 먹이도 있었지요
시간은 흐르지 않았고 걱정도 없었어요 뒷다리가 하나 없
다는 게 얼마나 무서운 일인지 알 필요도 없었어요
그 속에서 영원히 살 거예요

봄비 소리

도랑가에서 닭을 잡은 뒤
뽑은 깃털을 내버려두었더니
봄을 맞아 푸른 몸을 일으킨
풀이 깃털을 들고 섰다
닭이 되살아나 날개를 털며
꼬끼오, 우는 소리가 들린다

내가 바라보며 사는 소백산맥의 북면은
겨울 내내 하얀 얼굴이다

얼어붙은 모습으로 산 듯 죽은 듯 살아봐
봄도 여름도 가을도 잊고
산 너머 남촌도 동백꽃 피어나는 섬마을도 지우고
하얗게 하얗게 살아봐

햇빛은 아무 데나 비춘다

햇빛은 아무 생각이 없다

반짝반짝 빛나는 건물로도 나아가고 내가 사는 오두막으로 오기도 한다

햇빛이 비치지 않는 곳은 차갑다 그러나 그건 햇빛이 뜻한 바가 아니다 햇빛은 가고 싶은 곳으로 가는 게 아니다 아무 곳으로나 간다

제 4 부

2023, 맑은 봄날이었다

어머니 아버지 무덤을 허물고, 썩지 않은 뼈를 추려내 태우고 빻아서 주변 산기슭 진달래꽃 아래에 뿌렸다

돌아오는 길, 셋째 형과 나는 이제는 고향에 갈 일이 진짜 없겠다며 웃었다

아버지 머리뼈 몇 조각과 함께 있던 십원짜리 동전 두개를 하나씩 나눠 가지며, 부모님 생각이 날 때면 보자며 또 웃었다

눈물

　부모가 일찍 돌아가신 탓에 동생들을 자식처럼 돌보던 형
님이 사경에 섰다

　그런데 어떡하면 좋다냐 자꾸만 눈물이 난다 그러지 않으
려도 그냥 눈물이 난다 어쩌면 좋으냐
　누님은 전화기 저편에서 울음을 끊지 않는다
　왜 이러는지 모르겠다 눈물이 멈추지 않으니 어쩌면 좋으
냐 잠도 오지 않고 눈물만 흐르니 이게 뭔 일이다냐
　어쩌면 좋으냐

암병동 가는 길

오가는 사람들이 신기루처럼 보인다
빌딩 위 전광판이 알리는 오늘의 뉴스도 먼 세상 이야기다
햇살이 밝아 빛나는 것들로 가득한 거리에
구르는 휴지 조각, 과자 봉지도 눈에 거슬리지 않는다
잠시 왔다가 가는 건 거리의 쓰레기도 마찬가지
팔짱을 끼고 서로를 바라보며 걷는 연인도 부럽지 않다
차도를 오가는 번쩍이는 차들도 나하고는 상관이 없다
중환자실로 옮겼다는 형님의 마음만이 잡힌다

살아야겠다는 생각이 자꾸만 희미해진다

죽음을 기다리다

간호사의 연락을 기다리며 대기실 밖을 서성인다 기력을
회복할 희망이 보이지 않는 가운데, 약물 주사와 인공호흡
기로 연명하는 모습조차 지켜보지도 못하면서 이 세상과 저
세상의 어느 지점을 서성인다 자정을 향해 치닫는 시간은
어느 세상에 속한 것인지

이런 기다림도 있을 수 있다니

옆을 스쳐 가는 사람도, 불을 밝힌 상태로 밤을 덮어쓴 병
원도, 면회를 차단당한 채 홀로 죽어가는 형님도 낯설기만
하다 받아들여야 한다는 마음도 덧없다 대기실 안팎을 서성
이는 일만이 내가 할 수 있는 일의 전부인 시간이 흘러간다

* 신종 코로나 바이러스 감염증으로 인해 면회가 금지된 상태에서
형님은 임종을 맞았다.

하늘도 단풍으로 물드는가

알록달록 따사로운 빛이 흘러나오는 단풍을 보고 있자니 형님 얼굴이 떠오른다
한숨을 토하면서 바라보니 슬쩍슬쩍 바람에 일렁이는 잎새 따라 형님의 미소가 하늘로 번져간다
어디서라도 잘 사세요

단풍잎이 바람에 떨어져 산등성이 너머
로 날아간다

엊그제 돌아가신 형님의 모습 잡을 길 없으니
모시고 좋은 곳에 다녀오마던 생각이 하릴없이 날린다

땅

형님이 죽어 묻히니 땅이 한층 가깝게 다가온다 발걸음을
떼는 것도 조심스럽다 발을 멈추고 바라보면 웃음 짓는 형
님의 얼굴이다

남은 형과 누나도 가야 하고 나도 가야 하고 아내도 아들
도 가야 하는 자리

사랑도 미움도 전쟁도 평화도 돈도 내려놓고 가야 하는
머나먼 집

평생 떠나지 못하고 살아왔으면서도 땅과 내 몸이 붙어
있는 걸 보지 못했다

뽕나무 아래를 지날 때

겨울을 품고 몰려오는 바람 소리가 내 몸까지 흔든다 밤 사이에 얼었다가 햇살을 받아 녹아내리다 그만 가지를 놓치고 떨어진 노란 뽕나무 잎을 밟으며 걷는다

"형이 칠십까지 살았으니 나도 그때까지만 살면 될 것 같다"

두살 위 셋째 형님의 얘기를 들으며 '예순여덟인데 너무 가깝지 않은가?' 생각했으나 아무 말도 하지 않았다

겨울은 날카로운 바람 소리와 함께 다가왔지만 우리의 죽음은 아마도 조용히 다가올 거다 나는 그 소리를 들을 수 있을까? 소리 없는 의문이 떠오른다

굴국은 공평하게 먹어야

아니, 굴이 왜 이렇게 많아!
아내가 자기 그릇의 굴을 내 그릇에 두어번 덜어놓는다
아니, 왜 굴을 덜고 그래?
굴을 다시 덜어놓으려는 내 숟가락을 아내가 팔로 막는다
막는다고 못 하나
팔 아래로 살짝 넣는다
으유, 내가 푸는 건데
아무래도 내일부턴 아내가 떠주는 국만 먹게 생겼다

나는 누워 있는데

원두막에서 한숨 자다 눈을 뜨니 나뭇가지 사이로 밭에서
일하는 아내의 모습이 어른거린다 가서 함께 일을 할까? 생
각이 일긴 했으나 몸을 일으키지는 않았다

그러나 자꾸만 시선이 가는 아내의 모습

아내는 쉼 없이 김을 맨다 서산에 걸린 해가 햇살을 쏘아
대며 몸부림친다

다시 눈을 감으려 해도 쉽지가 않다 해서 한다는 게 이런
시 쓰기다

갓난아기 손만 한 함박눈이 내리는 모습
을 바라본다

아들이 세상에 나온 날도 막막한 풍요로움이 나를 감쌌다

오랜만에

아홉살쯤 되었을까

아침에 일어나 문을 여니 반짝반짝 빛나는 설원이 펼쳐져 있었다 눈을 헤치며 다가오는 아버지의 머리도 반짝였다

그리고 오십여년이 흘렀다

밤에 문을 여니 하얀 세상이다 불을 비추니 반짝반짝 빛나는 눈이 온 세상을 덮었다

환갑도 지난 나이에 그 환한 세상을 다시 보았다 오랜만이다

그래, 오랜만이다 여전히 눈을 헤치며 다가오는, 나보다 젊은 아버지를 만났다

어이하랴

계절이 바뀌었는데도 생각나면 또 눈물이 나온다는 누님
의 얘기를 들으니 내 눈에도 눈물이 돈다
꽃이 피면 꽃이 피어서, 과일이 익으면 과일이 익어서, 단풍
이 들면 단풍이 들어서, 눈이 오면 눈이 와서 생각나는 사람
바람이 불어도 흩어지지 않고 비가 와도 씻기지 않는 얼
굴이 있다

얼굴

　나뭇잎 사이로 내려앉는 동글동글 햇살을 보니 형님의 얼
굴이 떠오른다
　고개 들어 바라보니 날아가는 새도 구름도 멀리 나앉은
산도 형님이다
　집 앞 소나무도 아무렇게나 던져진 돌도 익어가는 사과도
하늘하늘 코스모스도

울음소리

사십구재 전날 밤, 형님이 지내던 방에서 잠들었다가 뜨
거운 소리에 눈을 떴다

사방을 살폈으나 보이는 사람은 없다 문밖에서 스며들고
있다

초상을 치르는 데 사용한 사진을 벽에 걸어놓았다는 조카
딸의 방에서 불빛과 함께 흘러나오는 소리다 문틈으로 어찌
어찌 나와서 어둠을 먹고 있다

가닿을 수 없는 영월, 하늘 햇살의 시

고형렬

마음의 바람과 난도(鸞刀, 백정이 짐승을 잡을 때 사용하는 방울이 달린 칼)는 자신뿐 아니라 누구도 발견할 수 없는 성소(聖所)에서 움직인다. 지금은 본질을 잃었어도 본시 빛의 생명들은 자기 언어의 그늘 속에서 살아왔다. 그것에 대한 절망이 없거나 그 끝을 느끼지 못한다면 어떤 플롯이라도 궁극을 내다볼 수 없다. 시인에게는 심상을 형상할 묵약이 있으므로 상황이 어찌 되었든 시는 한번도 만진 적 없는 사회적 대고(大輈)와 삶의 경락 사이를 지나가는 그 무엇이 된다. 이것을 숫돌에 갈면서 칼날을 벼리면 그것이 우리의 생을 이동시키고 정화한다.

유승도의 시를 읽으면서 먼저 떠오른 것은 복양(服養, 기와 생을 기르고 치하여 자기 생을 다스리고 기르는 것)이지만 그러함이 그러한 것에 대해 뼈대를 세우고 살을 붙이고 용마

루를 올리기는 쉬운 일이 아니다. 멀리 서로를 가로막은 숱한 산맥 너머 너머에서 누군가를 가끔 생각할 때가 있어서만도 아니다. 우리는 동시대에 각자 삶을 살아간다 해도 어디선가는 같으면서 각기 다르게 죽을 수도 있는 관계에 있다. 시인도 특별한 신분이 아닌지라 중생과 만물의 소원감(疏遠感) 속에서 살아간다. 그러니 '시인'이라고 해서 범속하다 할 수 없다.

    산 너머로 날아가는 새를 쫓아갈 생각도 일지 않는다
그만 툭 사라져도 될 것 같은 봄날, 날 부르는 이 없어도
허전한 마음이 땅에 깔리지 않는다
—「연록의 시절」 부분

허전해서 의지할 곳이 없는, 마냥 '툭' 스치는 인간의 말이 아닌 것들의 소리만 땅에 떨어지고 이내 그 소리도 지워지고 만다. 그늘 속에 우리의 삶뿐 아니라 그 삶의 결에 왔다 간 시간이 빛이고 생명으로 몸속에 들어온 것을 알기까지는 적잖은 세월이 흘러야 했다. 유(劉)가 허전한 자연 속에서 가끔 환한 죽음을 치는 삶을 자신에게 들키면서 발자국을 남기며 옮겨 가는 현재를 과거로 축적하는 생의 시간이 바로 그 '산'에 있다. 그 시간은 사라지는 것이 아니었다.

    얼어붙은 모습으로 산 듯 죽은 듯 살아봐

봄도 여름도 가을도 잊고
산 너머 남촌도 동백꽃 피어나는 섬마을도 지우고
하얗게 하얗게 살아봐

—「내가 바라보며 사는 소백산맥의 북면은
겨울 내내 하얀 얼굴이다」 전문

유의 현주소는 왼쪽에 망경대산, 오른쪽에 응봉산을 거느린 김삿갓면의 고지대 예밀리이다. 영동고속도로 먼 북쪽에서 송천으로 발원한 물은 사브랑골천, 오목골천으로 이름을 바꾸며 흐르다가 다시 골지천으로 흘러 상원사에서 내려오는 오대천 물과 만나 정선읍에서 조양강이 되고 이 강이 영월읍에서 동강으로 이름을 바꾸고 영월을 빠져나가면서 서울로 가는 남한강이 된다. 유의 집 남쪽에 반짝이는 외씨버선길 아래 옥동천은 그 남한강과 만나 충주, 양평을 거쳐 서울로 간다. 감(ㄴ) 자를 그리며 북으로 향한다.

산의 햇살이 영혼의 뼈를 어루만지려 한다. 시인을 대신하여 그 언어를 알아듣고 가녀린 기쁨의 진동으로 감각하며 입을 떼고 말하기 시작한다. 산골의 나무들은 가끔 그와 마주치면서도 대부분은 그가 누구인지 알려 하지 않는다. 눈이 없는 산의 도랑과 나무, 꽃, 바람 그리고 구름 그림자의 산 풍경이 유를 '저 사람이 시인이라네요' 해도 유도 그들을 무심하게 대했으니 서로 화광동진(和光同塵)한 건 이미 오래되었다.

유가 살아가는 산은 골짜기가 깊어 나에겐 한 자루의 칼로 비치지만 조금도 무섭지 않다. 한없이 가녀린 칼날이 나를 세우고 가르치고, 그 '나'는 지금도 안 보이는 칼을 쥐고 그 칼 앞에 서 있다. 지문으로 날카로운 날을 쓰다듬어보며 매일매일 입맛을 다셨을 터. 앞서가는 잔바람도 자기보다 가벼운 낙엽을 한번씩 들었다 놓아주며 지상에서 무언가를 분리해보려는 꿈을 키운다. 빨간 맹아를 바람이 다시 와서 스칠 것이니 깊은 산중에서 살아가는 그의 마음을 아는 사람은 세상에 없다.

유는 그 마음을 "비릿한 냄새" "피와 살의 냄새"(「비린내」)라고 했다. 그때부터 미시적 예감으로 그의 시는 모든 생에 바쳐지는 예리한 울음이 되었다. 첫 출생의 울음처럼 날카롭고 강렬했을 풀의 울음을 우리가 언제 보았다고 하면 어불성설이다. 우리는 오히려 언제나 눈먼 자가 됨으로써 들을 수 있었다. 유는 "가끔은 나도 조씨처럼 정신을 어딘가에 놓아둔 채 다니고 싶다"(「가끔은 나도 정신을 어딘가에 놓아둔 채 살고 싶다」)고 한다. 아무리 놓아두려 해도 놓아지지 않는 그 정신이 '나'를 이끌고 여기까지 왔다. 그 정신의 바람이 쓴 시가 이 시집의 행적이다.

"솟구치기도 하고 내리꽂기도 하면서, 수평을 찾아 나는 새"(「평평하다」)가 꿈꾸는 곳은 모순과 요철로 뒤덮인 이 세계의 뒤쪽이다. 더는 어찌할 수 없는 자연과의 다툼과 평화 속에서 상극적인 것을 다스려 끌어들이지 않고선 그것들은 우리에게 '평평함'을 허락하지 않는다. 그러한 난처(難處)는 곳곳에 등장하거니와 궁극의 꿈을 반납하는 자리가 첫번째의 '서시'에 있다. "육체나마 숲의 동물들에게 돌려줘야겠다 찾지 말아라 내 뜻과 달리 사체가 발견된다면"(「유서」) 하고 단서를 단 이 부정관법(不淨觀法)의 말을 흘려들을 수가 없다.

유가 한 시절을 오롯이 바친 망경대산에서 오대산 비로봉까지의 거리는 눈으로 지척의 거리인 69킬로미터 안팎이다. 오대산에서도 수행했던, 임진왜란 당시의 일선(一禪, 서산의 제자로서 반전 수행자) 스님은 제자들에게 '나 죽으면 식기 전에 저 배고파 울부짖는 산짐승들이 뜯어 먹게 산에 내다 버리고 어서 돌아가라' 했던가. 그만하면 즙 한잔의 마음일 터, 시란 것이 저쯤에 있는 마을 옆의 능선 같아도 종신토록 들고 뛰어가도 도달하기 어려운 반야(般若) 같은 것이다.

이 시집에는 가끔 죽음이 그의 손을 치고 지나가는 날개 같은 순간들이 보인다. 그 간접 피물(皮物)(이문구『매월당 김시습』, 창비 2013, 90면) 행위는 뜻밖에도 지워지지 않을 이미지의 흰 그림자로 당자의 시선에서 사라지곤 한다. 문득 왜 이 구절을 읽으면서 평화로워지는가 자문한다. 산속에서 늘 맞닥뜨리는 불가피(不可避)라 할지라도 우리 시의 현장에선 낯익은 수사가 아니다. 생명을 친 경우는 어떤 상황에서도 마음이 편할 수가 없고, 대부분은 외면하거나 보류하는 까닭이다. 유는 바로 그 삐걱이는 수레바퀴를 한바퀴 돌아온

것으로 보인다.

그렇다고 그가 부러 살생하는 것은 아니라고 옹호하고 싶지 않다. 그것은 자연 속의 인연법과 시적 진실을 에둘러 은폐하는 일이 된다. 우리 손끝에 그와 같은 미물의 죽음이 무수히 널려 있기 때문이다. 그 은유가 매우 놀라운 것은 그것을 짐짓 감추지 않는다는 점에 있다. 그렇다고 눈치 보며 감싸지도 않고 내놓지도 않는다. 이것은 독특한 정화(淨化)의 쾌감을 선물하면서 어떤 면피를 허락받는 느낌을 준다. 이 마디에서 유가 우리 시의 중요한 정신 영역의 한 언어를 해체하였음을 인정하게 된다. 그것이 복도(服道) 혹은 복양(服養)으로서의 복시(服詩)이며, 이것은 삶에 대한 본질적 대응이자 정화가 아닌 다른 것일 수 없다.

과거 어느 지면과 시사(詩史)에서도 손에 묻힌 "피와 살"(「비린내」), "피와 비명"(「파도는 바위를 치며 묻는다」), "피와 날카로운 이빨과 발톱"(「은은한 달빛을 받으며 서 있었다」)을 자기화한 시를 읽은 적이 없다. 785년 전에 죽은 이규보가 어떤 사람이 (몸이 가려워 견딜 수가 없어서 옷을 벗고) 이를 잡아 이글거리는 화롯불에 계속 던지는 것을 보고 마음이 아팠다는 「슬견설(蝨犬說)」과 유의 것은 거리가 있다. 인간 중심에서 반인간 중심을 지나 공희(供犧)의 자연 중심의 길을 열었다. 그 공희는 누구도 중심이 될 수 없는 무중심주의의 서정이다.

본질적 대응과 정화의 물색은 생의 페이지마다 끼어 있으

면서 자기를 보이지 않고 찾아왔다 어느새 가고 마는, 샘물
이 멈추지 않고 솟구치는 시골의 희붐한 새벽빛 같다. 따라
서 유의 피물은 건드릴 수 없는 삶과 죽음의 만남이 뒤섞인
대순(大順)의 절정이라 할 만하다. 추모하고 깊이 기억하지
않는다고 해서 자비가 아닌 것도 아니다.

　　생활에 도움이 될까 싶어 개를 키운 적이 있다 나만 보
면 웃으며 꼬리를 흔들던 눈이 커다란 순둥이 똥개였다
　　개고기를 찾는 사람이 있어 녀석을 잡았다
　　사람의 배로 들어가 사람이 된 개가 산마을을 덮으며
다가온다

—「산그늘이 다가온다」 전문

　　그 희붐함이 엷어지건 더 짙어지건 그 속에서 터지는 울
음을 받아줄 사람은 이 세상에 사실은 '나'밖에 없다. 복받
친 울음은 우리가 정화되고 양생할 수 있는 내재적 억제의
기제로 받아들일 만한 몫이다. 이 가벼운, 그러나 언어화되
지 않는 슬픔의 형벌을 버리고 등진 자들이 '나'이고 우리이
다. 이 대곡(代哭)의 해원이라는 이미지 재현이 불가능한 사
태가 그의 몸속에 현현하여 아프다면, 사람만 아니라 모든
오브제가 하나의 회심으로 돌아가 마치 처음 출생하는 달이
라도 되는 양 저 아래 망경대산 능선을 내려다볼 일이다.
　　울음이 삭제된 시대에서 치마(馳馬)의 채찍질까지 가하

면서 누구에겐 가혹함 속에 던진 어떤 시간은 고달픈 노역을 계속한다. 만물이 다 평등하고 다르다 할지라도 슬픈 것은 어쩔 수 없다. 유의 시는 문명의 반대편에 서 있는 수많은 우울과 자책의 저녁을 보낸 자의 아침 노래이다. 아침은 어둠을 통과한 사람에게 찾아온 빛과 해후한 언어이다. 이 노래가 망경대산에서 홀로 영원한 노래가 된들 외로울 까닭이 없다. 시인은 보상받지 않음으로써 보상받는 자이다.

스리랑카의 먼 과거에 가뭄으로 사람들이 굶어 죽자 바닷가에 나와 사람들에게 잡혀 자기 육신을 고기로 바친 아미타어(魚)가 있었다. 우리의 시편이 비록 작을지라도 그 법화의 정신과 언어처럼 이 세상에 바쳐지는 것은 다르지 않으므로 희생과 시작의 마음이 꼭 슬프지만도 않다. 긴 하루를 넘긴 해가 응봉산 그늘을 만들고 그의 집을 은빛 어둠으로 감싸며 마치 풍경을 지연(遲延)하듯 함지(咸池) 속에 그의 집은 전등을 켜리. 작은 전등 불빛이 항상 망경대산 너머 동쪽으로 돌아오는 다른 시간이었음은 의심의 여지가 없다.

도달할 수 없는 현실과 나아갈 수 없는 자기 몸 앞에 유의 시는 훌쩍 다가와 서 있다. 발 없는 글이 만물을 밟고 건널 때는 그 흔적 때문에 아픔이 함께한다고 하는데, 그 아픔은 언어와 형식이 없어서 전해지지 않는다. 즉, "벗어나려 하지 않으며 산다"(「자연의 손바닥」)는 것이 삶의 상수이다. 역시 누구나 몸 밖으로 나갈 수가 없으며 당자도 자신의 손바닥을 보기 어렵다. 우리는 모두 서로의 타자가 되어 저 밖에서 보이고 싶지 않은 누군가의 손바닥을 쥐고서 자기 삶을 살아낸다.

여기서 유가 치는 박수 소리 같은 울음소리가 들렸다. 환청이 아니라 유의 두 손바닥이 치는 날카로운 박수 소리이다.

포도나무에 덮은 그물을 뚫고 들어간 물까치가 보였다
막대기를 들고 들어가 휘두르니 나가려고 허둥대다 기어이 그물에 걸렸다 때려 죽여 다리를 잡아당기니 그물에 감겼던 목이 뚝 끊기며 머리가 없는 몸이 내 손에서 달랑거린다 서둘러 포도나무 아래에 묻고 그물 밖으로 나와 하늘을 본다
짝짝, 재밌네요
환한 박수 소리가 하늘에서 쏟아진다
—「햇살이 뿌려지는 한낮」 전문

정작 포도나무 사이로 날아가고 싶었고 그렇게 마음대로 날아가다가 걸리고 싶은 것이 '나'가 아니었을까. 그렇게 그 '나'라고 하는 물까치가 걸려 있었고, 그 '나'를 유라는 '나'가 "잡아당"겼다. 둘만이 있었던 포도나무 그물 안에서 일어난 일은 기괴하다. 신의 손처럼 무자비할지 모르지만 그것이 자연의 손길이고 화법이었다. 유는 자연의 수많은 언어가 마음에 찍히는 것을 깨달았을 터. 우리는 어디서든 숨어 있는 천명을 조금은 더 느껴야 할 것이다.

만물의 솔성(率性)을 적극적으로 수용하고 침묵하는 행동은 일종의 경이로움이다. 짐짓 놀라지 않으려 하지만 지워지지 않는 과녁이다. 곱씹어 다시 읽어도 역시 우리 시에서 일찍이 본 적이 없는 시였다. 장진(長津, 함흥 서북쪽) 땅에서 "당콩순을 다 먹"고 "서른닷냥"에 팔려 가는 "다문다문 흰점이 백"인 "노루새끼"와 이별하는 백석의 「함주시초(咸州詩抄) ― 노루」의 눈빛과는 상이하다.

마구 일어나는 듯한 미물 접촉의 수수(授受)가 우리가 모르는 바로 그 자연의 빛이었다. 어긋난 듯한 극한이 유를 통하여 처음으로 우리 시단에 불쑥 나타난 살 떨리는 시들은 용서가 되고 사랑이 되고 양생이 된다. 어느 생명도 주고받지 않은 순간이 없었던 서로의 희생은 피할 수가 없는 자연의 숙명이자 선물인바, 한 생명체가 그것을 지나치게 두려워하는 것은 무지한 이기주의이고, 무조건 피하는 것은 나약하고 부끄러운 의식일 수 있다.

"세상맛을 좀 보려는 뱀을 죽이면서 우리 가족이 살기 위해선 어쩔 수 없다고 할 만큼 나는 억척을 떨며 산다"(「좋은 일」)는 그 산속. 유의 이 토로는 잊히지 않을 것이다. 산에는 가끔 독사가 "팔짝 뛰"(「독사가 팔짝 뛰었다」)고 "차갑게 다가오는 어둠을 울리며"(「꽃향기 날리는 밤에」) 새가 우짖는다. 그 산은 윤리적이고 합리적인 영역이 아니다. 갑자기 비가 쏟아질 듯 새가 경악하며 우짖곤 덤불 속으로 사라진다. 법률과 이성, 지혜로 다스려지고 통치되는 곳이 아니다. 여기서

그의 시는 무엇보다 자신에게 복양의 도구여야 했다. 그 복
양의 치유에 윤리적 책임을 져야 할 까닭은 자연 속엔 없다.

유와 나는 젊었을 때 불기축(不蘄畜)을 선언한 사람이다.
누군들 떠돌지 않았을 리 없지만 유는 망경대산 자락에 청
춘을 걸어 잠그고 한세월을 살았다. 죽어 있는 마음이 실존
의 시를 읽으니 피가 도는지, 낙죽(烙竹)의 한발 속에 마지
막 겨울비가 봄비 대신 치는가, 온몸이 아프다보니 온 산이
아프고, 한 철을 쉬었어도 흙과 뿌리로 의지하는 나무들도
아프다. 그러는 것은 '나'를 보고 살라는 호된 꾸지람이며,
잠든 망경대와 응봉 산자락을 깨우치는 외침이다. 그래서
우리는 아직은 고통과 산을 더 배워야 할 것이다.

사람은 헤어졌다 다시 만나고 다시 헤어진다. 유를 처음
만난 것은 군사정권이 무너지고 소련이 해체되고 무료한 시
간이 흘러가던 1990년대 중반의 서울이었다. 1995년『문예
중앙』신인문학상 당선작「나의 새」를 읽고 나는 그에게 전
화를 걸었고 그리고 만났다. 그가 변함없을 '작은 새'임을
알고 창비시선에 추천했다. 그러고 나서 나는 그를 오랫동
안 만나지 못했다. 그 '작은 새'가 세속과 단절하고 서울을
떠나 엄한 세월을 이겨내며 그만 묘연해졌을 그 눈과 날개
를 떠올려본다.

유가 첫 시집을 출간한 창비에서 무려 27년이 지나 다시
시집을 낸다니 감회가 깊고 정신이 번쩍 난다. 이렇게 먼 세
월이 흘러서 언어의 약속을 지킨 시인을 다시 만나는 것은

드문 일이다. 모두 어디로 갔는지 기억이 없다. 이제는 그의 영혼 속으로 열어둔 산방(山房) 문밖에 "갓난아기 손만 한 함박눈"(「갓난아기 손만 한 함박눈이 내리는 모습을 바라본다」)이 내리고 있을 터이다. 아름다운 그 산문(山門)으로 산바람은 허락도 없이 얼마든지 드나들도록 열어두게 되었다.

시가 우리에게 만만하게 찾아와 주었다면 이렇게 슬프지 않을 텐데, 누구에게나 어느 시대나 시의 여신은 에누리와 덤이 없다. 우리는 동정의 시혜를 거부하면서 자존으로 살아온 사람들이다. 전생을 바쳐야 하는 시적 자립이란 것이 만만한 것은 아니었다. 모든 곳 동쪽에 거하시는 시리(Shri, 락슈미)여, 우리를 떠나지 마시고 곁에 더 계셔서 어깨에 앉았다가 눈썹에 앉았다가 손등에 앉았다가 하시면서 가끔 시가 생명으로 느껴지게 해주십시오. 그럼으로써 우리가 시 말고 더 바랄 것이 없는 필생의 빚을 갚게 해주십시오.

그 '텅 빔'의 쉼과 고요가 지극한 풍요가 되고, 그것이 다시 원하는 갈증으로 엎드려 숲속에 숨은 샘에 입을 가져다 대리라. 그래서 말이지만, 생사가 충돌한다고 우리가 자연을 오해로 풀 순 없는 일이다. 아무리 잘 살았어도 회한이 남지 않는 삶은 없을 것이다. 그 무진(無盡) 앞에서 늘 지나쳐가는 삶만큼 고귀한 죽음의 의미는 빛날 것이다. 그래서 감히 죽음이 삶보다 더 멀고 깊고 넓고 높다 할 수 있다.

제4부에 이르면 사모곡도 사라진 시대에 웬 '사형곡(思兄曲)'인가 싶어도 못내 슬프다. 한때 설악에 은거했던 조선

후기의 시인 김창흡은 아우가 죽자 매우 슬퍼하며 정신이
혼미해졌다. 그 '곡제(哭弟)'의 애상에 다다른 시편에서 그
형님을 실존으로 보는 것은 조선 후기의 두 사람이 은둔적
거물이어서 이에 대비해 낮추려는 뜻이 아니다. 이 시대의
한 산중 시인의 형님 되는 분의 죽음이 더 가슴 아프게 다가
오는 까닭이 없지 않을 것이다.

그러나 사실 죽음이 일대사(一大事)인 만큼 한편으론 범
사(凡事)이다. 그 어디에도 죽음 없는 곳이 없었고 죽음이
없는 순간이 없음에도 유는 형님에 대한 슬픔을 지극의 경
지까지 끌어올렸다. 그는 유애한 생에 대한 통절한 슬픔을
자기 정화의 그릇에 영가처럼 담았다. 얼마나 애틋한 아우
이며 우애 깊은 형님이었을까. 며칠간 비 오는 날, 그 망경대
산 자락에서 다시 생전의 형님을 생각하리. 부부 사이도 남
처럼 살고 형제간도 타인이 된 시대에 유의 사형곡은 놀란
가슴에 터지는 슬픔이요 바람에 꺼진 등불이다. 그러므로
마음 안이 환해진다. 어느 시인에게서도 보지 못한 진경의
깊은 마음 골짜기이다. 이렇게 한 주먹 눈물이 시를 대신하
기도 한다.

그런데 어떡하면 좋다냐 자꾸만 눈물이 난다 그러지 않
으려도 그냥 눈물이 난다 어쩌면 좋으냐
누님은 전화기 저편에서 울음을 끊지 않는다
왜 이러는지 모르겠다 눈물이 멈추지 않으니 어쩌면 좋

으냐 잠도 오지 않고 눈물만 흐르니 이게 뭔 일이다냐
　어쩌면 좋으냐

—「눈물」 부분

이 시집은 절묘한 구성을 얻은 한편의 삶이다. 시인은 끝없는 자의식 속에서 자기를 부정하며 만물로부터 진 채무를 당당하게 갚아내며 자기를 정화해왔다. 시집을 다시 읽으면 역으로 첫번째 시「유언」이 에필로그가 되고 형의 딸의「울음소리」가 프롤로그가 된다. 이 시집에선 대극의 양의(兩儀)를 아름답게, 그러면서 정신 나게 하는 하나의 단으로 묶은 예의 아침 이슬을 맞은 풀 냄새로 가득하다. 시가 자신에게 바쳐지는 희생이고 이 희생이 양생이려니, 이것은 가닿을 수 없는 영월의 햇살이다.

유의 시는 생의 칼을 담은 복양의 정신에서 비롯되었다. 묵과와 용서, 인내가 서로가 되어 사월 하늘의 구름 햇살로 돌아온다. 까마득한 구름 하늘의 성이 그의 집을 따사로이 안으며 다가와 함께 자전한다. 시인과 시가 한 몸이 된 그 산가(山家)를 상상할지라도 우리는 겨우 불가능과 한계 앞에서 결국 슬픔의 창고가 된다. "바라보는 맛도 나지 않는 그저 그런" "별 볼 일 없는 데만 가게 된다"(「별 볼 일 없는 데만 가게 된다」)고 하지만 그 뜻이 유의든 무위든 소요든 칩거든 모든 시는 못내 그물을 흔들고 가버리는 바람이 된다. 그 가버린 바람만을 우리는 또 기억할 것이다.

유는 "처마 밑" "새끼들의 울음소리"(「창밖이 멀다」) 아련
한 그곳에서 "자신이 산산이 깨어지는 소리"(「파도는 바위를
치며 묻는다」)를 들으면서 "가만히 가만히"(「가벼운 고독」) 살
아갈 것이다.

高炯烈 | 시인

　‘유승각’이라는 이름으로 살았던 둘째 형님이 돌아가신 지도 오년이 넘는 세월이 흘렀다.

　올해도 예전과 다름없이, 봄기운이 돌자 생강나무와 산수유가 꽃을 피웠다. 뒤질세라 수선화와 제비꽃도 피었다. 벌과 나비를 부르며 자신도 꽃나무임을 알리던 회양목은 며칠 사이에 꽃을 떨구어낼 태세다. 꽃대를 올리고 노란 꽃을 피운 꽃다지가 ‘나도 있다’며 마당가를 쓰다듬는 바람 따라 일렁인다. 죽은 이들이 다시 일어선 모습이다.

　봄은 죽음의 또다른 얼굴임을 생각한다.

2026년 4월
봄꽃의 향기가 오가는 산 중턱 오두막에서
유승도